Anna Karenina

Mein Jahr mit Putin

zum Fliegen geboren

Herstellung und Verlag:
BoD – Books on Demand, Norderstedt

Bibliografische Information der Deutschen Nationalbibliothek:
Die Deutsche Nationalbibliothek verzeichnet diese Publikation
in der Deutschen Nationalbibliografie; detaillierte bibliografische
Daten sind im Internet über http://dnb.dnb.de abrufbar.

Font set from Palatino and Lato.

ISBN: 978-3-7583-7275-9

Gewidmet:

All jenen,
die so verletzt wurden,
dass sie hassen

Mögen ihre Herzen
Heilung finden.

INHALT

Забота у нас простая
забота наша такая
жила будь страна родная
и нету других забот.

Wir lieben der Heimat Wälder
die Berge, Ströme und Felder
Dass rings unser Land erblühe
soll all unser Sorgen sein.

Vorwort

Ich schreibe unter Pseudonym und als Roman. Warum? Würden Sie in Deutschland erzähln, dass Sie Putin trafen? Mehrmals?

Ich werde der deutschen Sprachgewohnheit wegen Putin sagen. Wladimir Wladimirowitsch möge mir verzeihn.

Wie kam es zu unseren Begegnungen?
Ich hatte einen Arbeitsauftrag, der mich mehrmals nach Russland brachte. Gleich bei meiner ersten Reise trafen wir aufeinander, zufällig.

Ich war noch am Arbeiten, als er bereits eintraf. Er ließ sich von mir in allen Einzelheiten meine Arbeit erklären, und schien dabei alle Zeit der Welt zu haben. Irgendwann musste ich uns unterbrechen, um meine Arbeit zu beenden.

Später meldete er sich, da er noch Fragen hatte. Wir trafen uns. Im weiteren Verlauf meines Auftrages begannen wir, immer wenn ich im Land war, unsere Arbeitstermine abzustimmen.

Das klappte nicht immer. Doch auf diese Art trafen wir uns ein halbes Dutzend Mal.

Was kann ich sagen. Er ist ein überaus angenehmer Mensch. Obwohl ich Politikern gegenüber voreingenommen bin.

Wobei, was weiß ich über Politiker und Politik. Aufgewachsen in der DDR, bin ich mit deutsch-sowjetischer-Freundschaft aufgewachsen. Dann kam die Wende.

Bis Corona hat Politik mich nicht interessiert.

***

Mit Corona kam das Leben nahezu zum Erliegen. Jeder versuchte auf seine Weise, damit klarzukommen. Anfangs war vielleicht noch eine gewisse Entspanntheit, ein Abwarten. Dann wurden die Geschichten immer fantastischer. Ich suchte nach Antworten. Und begann zu recherchieren.

Anfangs war es schwer, überhaupt eine solide, belastbare Basis bei meinen Recherchen zu finden. Scheinbar war die mich umgebende Welt, die Welt der Politik, ein einziges Lügengerüst.

Nichts war, wie es schien. Doch wie war es dann?

Irgendwann hatte ich Grundthemen: unipolar-multipolar, Wertewesten, goldne Milliarde, regelbasierte Weltordnung-Völkerrecht.

***

Ich hatte mir verschiedene Quellen erschlossen, denen ich mehr oder weniger Wahrheit, Objektivität zusprach. Alles war nur noch relativ. Es gab keine Verlässlichkeit mehr.

Erst übten wir, die Wahrheit in all den Lügen, an Corona zu erkennen. Und dann, als selbst überzeugte Mainstream-Informierte anfingen, Fragen zu stellen, der nächste Schlag: Ukraine.

Die Recherchen gingen von neuem los. Ein gutes Anzeichen, auf der richtigen Fährte zu sein, war: Wenn die Mainstream-Medien etwas besonders verteufelten oder totschwiegen.

Meine neuen Quellen:
Thomas Röper www.anti-spiegel.ru, Gabriele Krone-Schmalz, Ulrike Guérot, russian today (über yandex.com suchen).

KRIEG BEDEUTET FRIEDEN
FREIHEIT IST SKLAVEREI
UNWISSENHEIT IST STÄRKE

GEORGE ORWELL, 1984

1. Kapitel

Ich vertiefte mich wieder. Sehr hilfreich waren die Artikel von Thomas Röper www.anti-spiegel.ru, die im allgemeinen sachlich und sehr detailliert waren.

Nach und nach kaufte ich mir dessen Bücher, vor allem über Putin. Und es war in gewissem Sinne eine Offenbarung. Denn auch ich war ja seit Jahren mit den immer gleichen Phrasen zugemüllt worden: Böses Russland. Böser Putin.

Und was er alles gesagt und getan haben soll. Jetzt las ich aber lange, lange Reden von Putin, die mich doch beeindruckten. Und die etwas völlig anderes sagten.

Ich schaute mir immer mehr Interviews und sonstige Beiträge von, über und mit Putin an. Röper hatte recht: Man muss Putin nicht mögen, aber man sollte seine Argumente kennen.

***

Unsere erste, unerwartete Begegnung. Ich hatte keine Zeit mich zu wundern, denn eben war ich noch in der Arbeit, im nächsten Moment stand Putin neben mir, sprach mich an. Und dann waren wir beide in der Arbeit.

Das war das erste Mal, dass ich ihn in seiner Wissbegier erleben sollte. Es schien nichts zu geben, was ihn nicht interessierte.

Hätte man so einen Menschen früher Universalgenie genannt? Auch ich bin wissbegierig, aber er übertrifft mich um Längen.

Und sein Deutsch kam uns natürlich zugute.
Trotz dass ich in der DDR aufwuchs und Russisch lernte, ist heute nichts mehr davon übrig.

**

Mir war schon immer in Interviews und Reden aufgefallen, wie lang er frei reden konnte. Auch wenn ich kein Russisch mehr verstehe, erkennt man doch, ob jemand fließend spricht.

Waldei-Club: Dank Röper habe ich mir auch dort einiges angesehen. Und dank Freiwilliger sind Übersetzungen auch kein Problem mehr.

***

Was bei all meinen Recherchen immer wichtiger wurde: Älteres zu recherchieren. Was hat ARD und ZDF noch 2008, -9 oder -10 gebracht.

Und wie inflationär wurde mit Worten wie Verschwörungstheoretiker, Nazi, Reichsbürger, Rechts rumgeworfen.

Doch wenn ich entsprechend ältere Beiträge recherchierte, dann haben die Mainstream-Medien fast eine 180°-Kehre hingelegt (Frau Baerbock würde sagen: eine 360°-Kehre).

Was ARD und ZDF noch vor wenigen Jahren selbst voller Empörung brachten, wurde jetzt als Schwurbelei abgetan. Ein wahrer Propaganda- und Informationskrieg.

Was an unserer Geschichte ist wahr. "Die Geschichte wird immer von den Siegern geschrieben." Insofern ist es fantastisch, wenn Putin oder Lawrow oder Sacharowa geschwind mal wieder mit historischen Fakten abwatschen.

Die ARD-Faktenchecker und der Pflanzensprengstoff

Hersh schreibt, die Taucher hätten den plastischen Sprengstoff C4 „in Form von Pflanzen auf den vier Pipelines mit Betonschutzabdeckungen" platziert.

2. Kapitel

Später meldete Putin sich, da er noch Fragen hatte. Wir verabredeten uns, trafen uns und verbanden unser Gespräch mit einem gemächlichen Spaziergang.

Alles war so selbstverständlich, als ob wir uns schon Ewigkeiten kannten. Anfangs war es noch meine Arbeit, von der er wissen wollte. Dann flossen die Themen ineinander, plätscherten, hüpften. Welten erblühten.

Da wir vorerst Feierabend hatten, gab es nicht mehr all die Unannehmlichkeiten, die ein Arbeitstag und Entscheidungen mit sich bringen. Nichts, was uns in unseren Welten begrenzte.

Keine Ahnung, viel Zeit war es letztlich nicht, er musste doch noch mal weg. Aber die Zeit hatte einfach aufgehört. Wir waren zwischen Raum und Zeit.

***

Meine Recherchen in 2 Jahren Corona waren umfangreich. Was es so schwer machte, überhaupt irgendwo einen Einstieg zu finden: Alles schien mit allem verbunden zu sein. Und welchen Medien konnte man trauen? Auch welchen Alternativ-Medien.

Jeder denkt und handelt auf der Ebene seines Bewusstseins. Wir müssen nicht mal bösartig sein, sondern einfach nur unbewusst. Und werden entsprechende Ergebnisse erzielen.

Welche Alternativ-Medien agieren auf welcher Bewusstseinsebene? Wer will nur reißerische News verbreiten? Wer glaubt sich im Besitz der Wahrheit? Wer weiß, dass er nichts weiß?

***

Corona: Patentanmeldungen Jahre alt. mRNA-Forschung 20-30 Jahre, alle Versuchstiere stets tot. "Die Impfung tat das, was sie sollte.", vom Militär in Auftrag gegeben. Planspiele.

In was für einer Zeit leben wir? In der der Mensch sich und die Erde endgültig zerstört? Oder der Mensch den Menschen endgültig versklavt: "Ihr werdet nichts haben und glücklich sein". Oder am Ende des Dunklen Zeitalters?

Ich musste mich bei meinen Recherchen durch Furchtbares durcharbeiten. Mein Verstand wollte oft streiken. Es schien unvorstellbar, was Menschen Menschen antun. In heutiger Zeit.

Eine Entfesselung der Angst: geschürt von den Politikern, befeuert von den Medien. Die Einen, die Angst vor dem Virus haben, sich spritzen lassen, "Nur ein Piks". Die Anderen, die Angst vor der Zwangsimpfung haben.

Und Politiker die sich, wie bei der Schweine-grippe, mit Kochsalzlösung spritzen lassen.

Dieser unglaubliche Druck. Und so viele, die mitmachen. Denunziationen. Und nebenbei die Frage: Wie konnten die Nazis an die Macht kommen? Genau so.

Alle ca. 11.000 Jahre gibt es Kataklysmen, wo ein großer Teil der Erdoberfläche „zerstört" und die Weltbevölkerung teilweise um 70-80% reduziert wird.

*Horst Lüning
Katastrophen Zyklen*

3. Kapitel

Erst auf meinem Zimmer habe ich Zeit, über das Geschehene nachzudenken. Aber die Unglaublichkeiten der vergangenen 2,5 Jahre haben meinen Vorrat an Erstaunen aufgebraucht.

Ich bin müde. Auch müde von den letzten 2,5 Jahren. Russland tut mir insofern auch gut, dass ich Abstand zu dem neuen Wahnsinn habe. Deutschland ist nicht mehr wiederzuerkennen.

Natürlich, auch Russland hat Probleme. Wobei ich kaum mehr als meine Arbeit mitbekomme. Inklusive meiner Sprachbarriere.

Aber in Russland scheinen die Probleme mehr im Aufbau zu liegen, statt wie in Deutschland im Abbau.

Ich bin müde. Arbeitseinsätze sind grundsätzlich anstrengend. Schon allein das Reisen. Und ich bin schon jetzt in Verzug.

***

Es ist merkwürdig, in dieser Coronazeit scheint eine gut sichtbare Grenzmarkierung zwischen Ost und West zu bestehen: Im Osten lassen sich weniger spritzen. Haben wir doch etwas gelernt aus unsrer Geschichte?

Damals, in der Wendezeit, jeden Tag neue Unglaublichkeiten, was in den oberen Rängen alles für Scheußlichkeiten und Manipulationen stattfanden.

Und jetzt? Am Anfang mag man ja noch als Schwurbler verlacht worden sein. Doch im Laufe der Zeit mehren sich die Zeichen. Da war nichts mit Impfung. Genexperiment. Nürnberger Prozess 2.0

Die Todeszahlen steigen, weltweit. Je durchgeimpfter ein Land, desto höher die Todeszahlen. Und immer wieder "plötzlich und unerwartet".

In diesen dunklen Zeiten gibt es wirklich nur den Inneren Halt, den Inneren Glauben. Weil außen gibt's kein halten mehr.

Staatsgelder werden verschleudert, als gäbe es kein Morgen. Und vielleicht ist es genau das. Steht der nächste große Erdenzyklus der Zerstörung und Reinigung an?

Und immer wieder die Frage: Was für ein Mensch muss man sein, um solche Abscheulichkeiten begehen zu können. Was macht das Menschsein aus?

***

Zwischenzeitlich gibt es den Impfzwang für medizinisches Personal. Ein allumfassender Impfzwang wird diskutiert. Worum geht es wirklich?

Geht es um die Reduzierung der Menschheit (Gates, GAVI, WEF)? Oder geht es um die Verbindung von Mensch und Maschine (Gates, WEF)?

Ist Putin ein Schwab-Jünger?

„Fuck the EU"
„5 Milliarden $ an die Ukraine"
„Ich denke nicht, dass Klitsch
[Vitali Klitschko] in die
Regierung eintreten sollte."

Victoria Nuland, 28.01.2014
Maidan

4. Kapitel

Putin meldet sich nochmal, bevor ich Russland verlasse. Wir reden kurz, alles ist unverbindlich aber herzlich. Ich solle mich melden, wenn ich wieder im Land bin.

***

Was macht man mit so einer Erfahrung? Und ich will jetzt nicht mit "der mächtigste Mann der Welt" oder ähnlichen Klischees aufwarten.

Auch ich bin ja von meiner Kultur geprägt. Und wenn jemand so viele Stufen über einem steht. Gleichzeitig: Hat mich sowas schon mal aufgehalten? Nein.

Also: Schöne Erfahrung. Einrahmen. In Erinnerung behalten. Und gleichzeitig immer wieder verstehen: Ich bin nicht der Hierarchie begegnet, sondern dem Mensch.

***

Der Corona-Wahnsinn nimmt immer groteske-re Formen an. Die einen haben den schlimmsten Druck bereits hinter sich. Andere stecken mitten drin. Viele verlieren ihre Arbeit oder kündigen Impfzwang-freiwillig.

Und in all dem: Ukraine. Trotz dass ich so viel recherchiert hatte, hat hier mein neues Wissen ein riesengroßes Loch. Einziger Vorteil: Ich bin inzwischen erfahrener.

Der Recherche-Marathon beginnt erneut. An das was 2014 tatsächlich passierte, habe ich keine Erinnerung. Nur an die Politiker, und wie alle aufgeschrien haben.

Bester Anlaufpunkt: Thomas Röper www.anti-spiegel.ru. Seine Artikel scheinen mitunter unendlich lang, aber das scheint nur. Weil er gleichzeitig die Tiefe und Detailgenauigkeit bringt, die es braucht, um all das überhaupt noch zu verstehen.

**

Die Bevölkerung hatte gerade angefangen, ein wenig vom Corona-Wahnsinn durchzuschnaufen, als uns das trifft.

Auf den Emotionen der Bevölkerung wird BRUTALST gespielt. Keiner soll zur Ruhe kommen, keiner zum Nachdenken. Alle sollen so paralysiert sein, um zu allem ja und amen zu sagen.

Auch mir fällt es schwer, diesen neuen Tiefschlag wegzustecken. Nur dass ich dieses Mal schon trainierter bin. Welcher Zynismus.

***

Wieder zu Hause, mache ich mir den einen oder anderen Gedanken über Putin, unsere Begegnung. Irgendwann gebe ich achselzuckend auf. Ich werde nicht schlau draus.

Glaube ich, dass wir uns nochmals treffen? Hätte ich mir vorstellen können, dass wir uns jemals begegnen?

***

Nicht allzulange hin, steht die nächste Reise an. Was wird mich erwarten?

Hello from the inside
I'm here to tell you NASA lies

Hallo aus dem Inneren
Ich bin hier um dir zu sagen,
dass die NASA lügt

Amber Plaster, Hello Flat Earth

5. Kapitel

Was hatte ich erwartet? Er hat wirklich Wichtigeres zu tun, als mich zu treffen.

Das ist das unangenehme, wenn einem etwas gefällt: Man will es wieder haben.

Und unsere Gespräche, unser Spaziergang haben mir gefallen. Selten, dass ich mit jemandem so ungezwungen sein kann.

***

Die Arbeit läuft dies Mal gut. Niemand, der mich ablenkt. Nur eine völlig absurde Situation.

***

Meine Recherchen arten immer weiter aus. Gleichzeitig ist es immer unglaublicher, was der Wertewesten für Dreckspiele spielt.

Wie lange schon? Jahrzehnte? Jahrhunderte? Jahrtausende?

Wer ist es, der den Wertewesten, der dieses ganze zynische System erdacht und in Gang gesetzt hat?

Menschen wie Gates oder Schwab stehen zwar im Rampenlicht, sind aber nicht die Denker hinter dem Ganzen?

***

Ich stoße auf FKT
Fond Konzeptueller Technologien
https://fktdeutsch.wordpress.com

Irgendwo las ich, dass Putin es schon lange kennt. Dass es schon Teil der Verfassung(?) ist.

Die Informationen erschlagen mich. Doch wie sagt der Sprecher immer wieder: "Sie verstehen es nicht, nicht weil Sie zu dumm sind, sondern weil es außerhalb Ihres bisherigen Wissenshorizontes liegt. Eigenen Sie sich dieses Wissen an. Werden Sie konzeptuell mächtig."

***

Ich bin selbst jetzt noch weit entfernt, all das wirklich zu verstehen. Trotzdem scheinen mir Putins Handlungen mit diesem Konzept nachvollziehbar.

In was bin ich da nur rein geraten?

***

Was ist es, was Menschen so grob, so zerstörerisch sein lässt. Was muss Menschen passiert sein, die Pizzagate oder vergleichbares nutzen?

Und ist es wahr, dass wir mit unseren Lebensmitteln und auch der Gesundheitsindustrie krank gemacht und gehalten werden?

Sind unsere Schulen tatsächlich nur da, um unsere Kinder zu verdummen, sie zu Kanonenfutter und Ja-Sagern zu erziehen?

In Deutschland haben wir eine Schulpflicht, kein Recht auf Bildung.

Deutschland, wer bist du?

Guten Tag, du neuer Morgen,
bist so jung und frisch wie wir,
und so will dich singend grüßen
jeder Junge Pionier.

Lied aus der DDR

6. Kapitel

Ich habe meditiert, war wieder zwischen Raum und Zeit. So schön das auch ist, ist alles schöner, wenn wir es teilen.

Es muss nicht der Liebste oder die Liebste sein. Obwohl wir manchmal verwirrt sind, wenn wir solch feine Gefühle teilen. Anfangs scheint es, als ob wir den anderen lieben.

Doch wenn wir reiner, absichtsfreier Liebe begegnen: sie schenkt sich hin, wir wollen uns hinschenken. Und dann glauben wir, wir lieben den Anderen. Liebe fließt. Und dieses Gefühl lieben wir. Wenn das Göttliche uns durchströmt.

Dann fühlen wir uns Eins mit allem. Und so schön es ist, Jemanden zu haben, der uns unterstützt ins Fließen zu kommen. So ist es doch nicht der Andere, sondern dieses Gefühl.

***

Ich bin wieder daheim. Bin ich enttäuscht?
Ent-täuscht, ent = nicht mehr, getäuscht

***

Ich habe immer weniger Interesse zu recherchieren. Auch wenn das Internet unendlich
scheint, sind doch die Bösartigkeiten, trotz un-
terschiedlicher Ausprägung, irgendwann immer die gleichen.

Bis zu einem gewissen Grad scheint Wissen
notwendig. Vor allem das Wissen, das vor uns
verborgen werden soll, uns zu manipulieren.

Aber irgendwann kommt der Punkt, wo es nur
noch Nuancen der gleichen Bösartigkeit sind.
Und Recherche nur noch Selbstzweck.

Es wird Zeit, das Leben, die Lebendigkeit zu leben. Die Sonne, den Wind, die Natur zu genie-
ßen. Ohne all die virtuellen Fallgruben.

***

Es ist immer wieder erstaunlich, wie das Glei-
che mit einer Absicht sich zum Guten entfaltet,
und mit einer anderen Absicht zum Schlechten.

Gehen wir fremd, wenn wir nur darüber nachdenken? Oder erst, wenn wir es konkret tun?

Wo beginnt die Lüge. Da wo wir dem Anderen
konkret ins Gesicht lügen? Oder bereits da, wo
wir beginnen zu verheimlichen, zu verschlei-
ern, wo wir verschweigen?

Was ist Leben?
Was ist Wahrheit?
Was ist wahrhaftig?

Was ist, wenn die Seele müde ist? Wie können
wir bedingungslose Liebe schenken? Wie können wir mit Anderen unser Glück teilen?

Wann ist es Zeit zu gehn?

Am 16.12.2020 änderte die WHO die Kriterien, was als «gesicherter» Sars-CoV-2-Fall gilt. Maßgebend ist seither nicht mehr, ob jemand Krankheitssymptome hat, sondern der «positive Test».

7. Kapitel

Ich bin wieder in Russland. Ich melde mich nicht. Will keine weitere Absage. Am 3. Tag meldet sich Putin. Sobald ich die Grenze überschreite, bin ich sichtbar.

Wir verabreden uns für den Abend. Ich bin verwirrt. In mir geht alles drunter und drüber. Doch sobald wir uns sehen, kommt alles zur Ruhe.

Dieses Mal haben wir Zeit, werden nicht unterbrochen. Spazieren weit. Später noch einen Tee. Das Leben kann so unendlich einfach sein. Wieviel Aufregung braucht der Mensch?

***

Der Sommer ist endgültig vorbei. Es wird wieder zu den Spritzen geblasen. Aber der durchschlagende Erfolg ist verpufft. Die Menschen haben sich ihrem Leben zugewandt.

***

Einer der Gründe, warum der normale Mensch nicht glauben kann, dass Corona mit Vorsatz inszeniert worden sei; er kann sich nicht vorstellen, dass jemand so unendlich "böse" sein könnte.

Egal wie bewusst oder unbewusst die Menschen sind, sind die meisten doch gutartig. Oder sind nur die "einfachen" Menschen gut? Ist jeder, der in höhere Ränge aufsteigt, der Bosheit seines dortigen Umfeldes ausgesetzt? Wird selber böse?

FKT beschreibt sehr gut die unterschiedlichen Ebenen der Steuerung. Aber ich kann mich nicht erinnern gelesen zu haben, WARUM jemand so bösartig ist oder wird.

Doch: Der Globale Prädiktor lehnt sich gegen Gott auf. Der Kontext, von dem FKT ausgeht, ist Gott. Das Größere Ganze.

Müssen wir Gott erkennen? Oder reicht es, an Gott zu glauben? Und wie tief muss der Glaube sein? Reicht Gott als Konzept? Oder muss Gott uns Gewissheit sein?

Ist Ideologie also nur ein Ersatz für Gewissheit? Können wir ohne Gewissheit nicht leben? Müssten wir diese Lücke mit Ideologie füllen?

Ist Bosheit letztlich ein Mangel an Gewissheit? Und all seine Handlungen nur Ausdruck dieses Mangels? Wenn, wie könnte dieser Mangel ausgeglichen werden?

***

Die Spaltung der Bevölkerung in Coronazeiten hat durch den Ukraine-Konflikt ganz neue Höhn erreicht. Werden Menschen dieser gegensätzlichen Standpunkte je wieder geeint sein können?

Stehen sich Ideologien gegenüber? Oder Gewissheit vs. Ideologie?

Freude, schöner Götterfunken,
Tochter aus Elysium,
Wir betreten feuertrunken,
Himmlische, dein Heiligtum.

Friedrich Schiller
Ode an die Freude

8. Kapitel

Kriegen wir Routine? Die Reisen sind anstrengend, doch inzwischen ist Vorfreude. Werden wir uns dieses Mal sehn? Oder nur reden.

Zusätzlich zum Reisen kommt, dass es in Russland schon deutlich kälter als in Deutschland ist. Das macht mir zu schaffen.

Mein Auftrag macht gute Fortschritte, aber ich bin weit entfernt, das Ende abzusehen. Wobei, dieses Mal habe ich es nicht sehr eilig.

***

Ich habe einen längeren Aufenthalt geplant, will endlich auch etwas von Land und Leuten sehn. In Deutschland kann man sich die unendlichen Weiten Russlands nicht vorstelln.

Ich habe einen Inlandsflug gebucht, will einfach diese Weite erfahren. In Deutschland steigen wir für längere Strecken in den Zug, in Russland steigt man ins Flugzeug.

***

Es dauert, bis Putin dieses Mal Zeit hat. Am letzten Tag klappt es doch noch. Er ist sehr unruhig. Nein, über seine Arbeit reden wir nie. Auch schien er bisher von Arbeit auf Privat umzuschalten. Was ihm dieses Mal nicht gelingt.

Wie geht es einem Menschen mit so unvorstellbarer Verantwortung? Wie kann man solche Verantwortung tragen?

Er ist unruhig. Wir brechen vorzeitig auf. Auch ich muss morgen früh raus. Heimreise.

***

Russland. Ich habe inzwischen begonnen, verschiedene Reiseberichte zu lesen. Diese Größe, diese landschaftliche und kulturelle Vielfalt. Verblüffend. Ist Deutschland auch so vielfältig?

Und immer wieder Menschen, die mich besonders berühren: Anastasia - Wladimir Megre. Agafia Lykova - letzte ihrer Familie; Altgläubige die sich in die Taiga zurückgezogen hatten,

Jahrzehnte allein lebten. Anatolij Fomenko, Mathematiker, neue Chronologie.

Ein Thema, dem ich inzwischen doch wieder ausgiebige Recherchen widme.

Wie wahr ist unsere Geschichte? Die deutsche Geschichte? Die globale Geschichte?

Schlammflut: Gebäude, die ein oder mehrere Stockwerke unter dem Erdboden beginnen.

Die Geschichte der Weltausstellungen: Hochtechnologien der Alten Welt?

Gab es vor wenigen Jahrhunderten eine globale Hochkultur? Ist die Erde etwas anderes, als man uns glaubend macht?

Was beschreibt das "Buch des Henoch"?

*"Die NATO wurde geschaffen
um die Russen draußen,
die Amerikaner drin und
die Deutschen unten zu halten."*

*Lord Hastings
1. NATO-Generalseketär, 1952*

9. Kapitel

Ich hätte nie geglaubt, dass ich mir mal Gedanken über Putin machen würde. Über den Politiker werden sich viele den Kopf zerbrechen. Aber Putin der Mensch?

Hat er Freunde? Wahre Freunde? Vermutlich. Weil niemand ohne wahre Kraft, so eine Aufgabe leisten könnte.

Wie bewältigen wir unsere Aufgaben? Was treibt uns an? Was hält uns am laufen? Was ist es, wenn wir ausgebrannt sind?

***

Jahreswechsel. Deutschland erstickt in seinem moralischen Mief. Silvesterböllerei, ich weiß schon gar nicht mehr, welcher Grund es dieses Mal war, warum wir uns die Freude verderben lassen sollten.

Selbst das letzte Bisschen Leben soll in uns verdorren: "Ihnen Mathematik und andere Ideen in die Köpfe pflanzen. Und alles seelisch-göttliche mit Stumpf und Stiel ausreißen."

Da ist sie wieder, die Energie des Gegenspielers Gottes. Es geht nicht um Erschaffen von Irgendwas. Es geht um Anti. "Ich bin dagegen."

Doch jeder, der sich auf "dagegen" beruft, beruft sich letztlich auf das, wogegen er ist. Er eilt also stets hinterher. Um das Erschaffene Anderer zu zerstören. Weil er selbst nicht in der Lage ist zu erschaffen.

**

Jedes Kind, was in unsere Welt geboren wird, ist ein Lichtblick Gottes. Warum werden amerikanische Kinder 70fach geimpft bis zu ihrem 18. Lebensjahr? Warum steigt die Zahl der Autisten, mit der Zahl der Impfungen? Was ist an Kindern so furchterregendes, dass es um jeden Preis zerstört werden muss. Gott?

**

Nach dieser langen Zeit der Daueranspannung, ist es mitunter schwer, aus eigenem Antrieb wieder zu handeln. Diese Daueranspannung hat mich Monate recherchieren lassen. Und jetzt? Manchmal falle ich in ein Loch.

***

Freundschaften, Familien, so vieles wurde zerstört. Doch Neues ist erblüht. Als Ungeimpfte sich täglich testen lassen mussten, wurden diese Anlaufstellen Treffpunkt Gleichgesinnter. Sie standen an mit Keksen und Heißgetränken. Teilweise täglichen Verabredungen.

Wie sehr muss man Gott hassen? Was ist diesen Menschen widerfahren, dass sie so sehr hassen?

Welche Art Beziehung kann man eingehen, wenn man Gott und die Menschen hasst? Liebt man seine Kinder, seinen Partner? Und wenn man doch liebt, wie kann man so sehr hassen?

Und wenn man seine Kinder so sehr liebt, gedeiht dann nicht automatisch Gott in ihnen. Müssen also auch die eigenen Kinder in ihrem Sein verkrüppelt werden, um den eigenen Hass zu kultivieren?

Wie durchbricht man die Spirale des Hasses?

Moola Mantra

Om
Sat Chit Ananda
Parabrahma
Purushothama
Paramatma
Sri Bhagavathi Sametha
Sri Bhagavathe Namaha

10. Kapitel

Die Zeit war dieses Mal lang. Und noch länger weil. Ich bin wieder in Russland. Wir reden, finden aber keinen Termin uns zu treffen.

Wie kann man jemanden, den man so schätzen gelernt hat, wieder allein lassen? Was ist es, allein lassen? Wann lassen wir allein? Wann fühlen wir uns allein gelassen?

***

Was verbindet uns? Was verbindet Menschen? Liebe? Hass?

Ich gehe meinem Alltag nach. Meine Gedanken schweifen außerhalb von Raum und Zeit.

Wann bin ich zum ersten Mal bewusst in dieses Meer eingetaucht? 10 Tage Schweigen? Meditationsabende? Indien?

Auch wenn ich schon lange auf der Suche war, bin ich in dieses Meer erst vor 10-12 Jahren eingetaucht. Nie war es gleich.

Es gab Zeiten, da konnte ich es nicht mehr erreichen. Und andere Zeiten, wo ich immer tiefer eintauchte, mich regelrecht auflöste.

Inzwischen kann ich mich relativ bewusst in dieses Meer versenken.

Bisher gab es niemanden, mit dem ich das teilen konnte. Trotz gemeinsamer Meditationsabende tauchte jeder für sich. Allein.

Gemeinsam ist neu, und gleichzeitig so normal, vertraut. Zuhause.

***

So wie teilen eine zutiefst menschliche Eigenschaft ist. Wir wollen teilen, im Guten wie im Schlechten. Wir wollen mit der Welt unser Glück teilen. Wir wollen unser Leid teilen.

Insofern ist für uns Menschen das größte Leid, isoliert zu werden, entzweit, gespalten.

Welche Heerscharen von Psychologen haben sich vor den Karren Corona spannen lassen. Wie werden sie damit leben?

**

Alte Menschen in unserer Gesellschaft waren schon vor Corona häufig einsam, schafften sich Haustiere an. In Corona wurden die Ältesten und Wehrlosesten in den Altenheimen eingesperrt. Starben allein.

**

Glauben wir an Karma? Glauben wir, dass jeder Mensch sich selbst sein Leben wählt? Sich für diese Erfahrungen entscheidet?

Sind die Bösen gern die Bösen? Oder sind sie die Bösen, weil ihnen nie Gutes widerfuhr?

Sind die Bösen die Kinder traumatisierter Kinder, die ihr Trauma weitergeben mussten, um selbst zu überleben?

Wie passiert Heilung?

Wohin auch das Auge blicket,
Moor und Heide nur ringsum.
Vogelsang uns nicht erquicket,
Eichen stehen kahl und krumm.
Wir sind die Moorsoldaten
und ziehen mit dem Spaten
ins Moor!

KZ Börgermoor 1933

11. Kapitel

Mein Auftrag wird absehbar. Damit auch die Möglichkeiten unserer Treffen.

Wertewesten postet: Haftbefehl gegen Putin.

Mein Aufenthalt ist dies Mal wieder länger. Ich habe mehr Freizeit. Putin auch. So kommt es, dass wir uns zweimal treffen.

***

Die einfachste Zeit ist immer noch abends, nach vollbrachtem Tagewerk. Wir sind wieder längere Zeit zu Fuß unterwegs. Tauchen ein in das Meer. Reden.

Ich hatte bisher selten einen so unterhaltsamen Begleiter. Ich maße mir an, mein Wissen für überdurchschnittlich und vielfältig einzuschätzen. Aber verglichen mit seinem ...

Ich habe mich im Laufe vieler Jahre in unterschiedlichste Themen reinbegeben. Und doch, neben seinem Wissen komme ich mir vor wie ein Grundschüler.

Das tut unseren Unterhaltungen keinen Abbruch. Putin ist weder belehrend noch rechthaberisch. Da ist einfach nur begeisternde Freude an all diesen Themen.

Und so, wie wir gemeinsam in das Meer versinken, versinken wir gemeinsam in all diese Themen. Lebensfreude pur.

***

In Coronazeiten waren die Repressalien gegen Andersdenkende so groß, dass Viele Deutschland verlassen mussten oder haben. Einige wohl auch nach Russland.

Ich folge seit geraumer Zeit einem Aussteigerforum: Deutsche nach Russland. Ich denke nicht an Ausreise. Bin mir aber der noch immer ungewissen Zukunft Deutschlands wohl bewusst.

***

Jeder Mensch ist in seinem Leben an einem ganz anderen Punkt. In so einem Aussteigerforum wird das besonders deutlich. Alle wollen einen Schnitt in ihrem Leben. Nur die einen sind jung, ohne Partner und Kind. Die nächsten mit gesamter Familie, Kindern in Kindergarten oder Schule. Andere sind Senioren. Die einen allein, die anderen gemeinsam.

Der Wertewesten führt Krieg, wo er nur kann. Menschen fliehen in den Wertewesten. Die Bewohner des Wertewestens fliehen aus dem Wertewesten. Welcher Wahnsinn.

***

Unsre Zeit ist im schwinden. Ein danach nicht geplant.

Wie lebt man in seiner alten Welt, wenn man das neue entdeckt hat?

Wie sieht die Zukunft aus?

Unsere Heimat, das sind nicht nur die Städte und Dörfer.
Unsere Heimat sind auch all die Bäume im Wald.
Unsere Heimat ist das Gras auf der Wiese, das Korn auf dem Feld.

Lied aus der DDR

12. Kapitel

Wir haben zum ersten Mal einen ganzen Nachmittag. Das Wetter ist sonnig. Wir sind unterwegs, er zeigt mir ein winziges Stück seines Russlands.

Ich erkenne ihn kaum wieder. Er strahlt, wenn er über sein Russland spricht. Es ist wunderschön, wenn jemand so seine Heimat liebt.

Und irgendwie kommt es mir blass-vertraut aus DDR-Zeiten vor. Vielleicht hat man uns damals belogen und betrogen. Und doch hatten wir eine Heimat.

***

Heute werden ganz bewusst Menschen entwurzelt. Aus ihrer Kultur, aus ihrem Land, aus ihrer Heimat. Und zu Flüchtlingen gemacht.

Sind all die Bösen so entwurzelt? Ist der Teufel so entwurzelt? Ist Gott die Wurzel?

***

Der Nachmittag ist wunderschön und vergeht viel zu schnell. Auch ist er früher zu Ende als geplant.

***

Was gäbe ich darum, so verwurzelt zu sein. Aber mit der Wende schwand die Arbeit und die Menschen folgten der Arbeit. Auch ich.

Ich bin entwurzelt. Aus meiner Kultur. Aus meinem Land. Ich bin heimatlos. Selbst die Zurückgebliebenen sind heimatlos.

***

Wieder in Deutschland nimmt der Wahnsinn immer neue Formen an. Gleichzeitig beginnt das Klima sich immer spürbarer zu verändern.

Die Regierung dringt mit einer Vehemenz auf Krieg. Zu Coronazeiten ging die Polizei zum Teil brutal gegen Demonstranten vor.

Jetzige Anti-Kriegs-Demonstrationen lassen sich immer weniger in die rechte oder Schwurblerecke schieben.

Inzwischen läuft das Klima-Rettungs-Konzept an. Die Weichen für gesetzliche Willkür wurden im Frühjahr 2021 mit einem Urteil des Bundesverfassungsgerichts gestellt.

Und doch scheint all das immer weniger zu greifen. Ein bisschen so wie: "Stell dir vor es wäre Krieg und keiner geht hin."

Innere Kündigung. Dienst nach Vorschrift. Die Menschen hören immer weniger auf ihre Regierung.

***

Die Zeit läuft uns davon. "Nicht traurig, dass es vorbei. Sondern glücklich, dass es gewesen."

Manchmal hält das Leben kleine Wunder für uns bereit. Und doch müssen wir trauern, loslassen.

Der sonderbare Inhalt des Werkes mit seinen phantastischen und krausen Vorstellungen von himmlischen Dingen und kosmischen Erscheinungen ... der Gebrauch der ich-Form

Das Buch Henoch, 1901

13. Kapitel

Meine letzte Reise. Solange bleiben, bis der Auftrag abgeschlossen ist.

Udo Lindenberg, Mädchen aus Ost-Berlin:
"Ich musste gehn, obwohl ich so gerne noch geblieben wär."

***

Selbst jetzt, Monate später, fällt es mir schwer, von dieser letzten Reise zu sprechen.

Lindenberg sang von der innerdeutschen Grenze, heute ist es die Wertewesten-Grenze.

***

Meine letzte Reise stand unter keinem guten Stern. Es gab Probleme mit meinem Auftrag, weshalb ich oft sehr lange arbeiten musste. Putin seinerseits war auch eingespannt.

Ein Treffen fand nicht statt, weil er kurzfristig umdisponiert wurde. Ein Treffen fand nicht statt, weil ich einen Unfall hatte.

Wir sprachen öfter, kurz, zwischen dem Alltag. Aber wir sahen uns nicht.

Erst an meinem vorletzten Abend klappte es doch noch. Wobei Putin seinerseits schon wieder terminiert war, bald wieder los musste.

Insofern: eher ein trauriger Abschied. Kein: Versinken im Meer.

***

Unser Kontakt bestand immer nur in Russland. Nie, wenn ich wieder in Deutschland war.

Wir haben seitdem keinen Kontakt mehr.

Deutschland seitdem? Es geht abwärts. Alles läuft nach Plan.

Auswandern? Und dann?

Es ist ja nicht so, dass wir ein Paar warn. Es ging nie um Liebe. Vielleicht Göttlichkeit? Treiben im Meer? Gemeinsam?

***

Ich möchte keinen dieser Momente missen.

So tief wie ich gefallen bin, so hoch bin ich geflogen. Und wir Menschen sind zum Fliegen geboren. Das ist unser Geburtsrecht.

***

Schaun sie sich ein Kind an, das gerade Laufen lernt. Es fällt, immer wieder. Und es steht auf, immer wieder.

Ich bin geflogen, immer wieder. Und ich bin gefalln, immer wieder. Und doch würde ich nie auf den nächsten Flug verzichten.

Wir sind zum Fliegen geboren. Und sobald man das erste Mal geflogen ist, wird man alles tun, um wieder zu fliegen.

Das Endliche vernichtigt sich in Gegenwart des Unendlichen und wird eine reine Nichtigkeit.

Blaise Pascal (1623-1662)

14. Kapitel

Was wäre mein Wunsch? Wenn ich die Zukunft formen könnte, was würde ich wünschen?

Eine lichte und eine dunkle Erde. Und alle die, die hoffnungslos verloren sind, auf die dunkle Erde. So dass der Aufbau auf der lichten Erde endlich beginnen kann.

Und dann den Menschen eine Heimat geben. Auf dass sie sich und ihre Heimat hegen und pflegen und aufbauen können.

Und wenn jeder Mensch in seiner Heimat verwurzelt ist, braucht es keine Grenzen mehr. Die Grenzen, die jetzigen Grenzen beseitigen.

***

Meiner Erfahrung nach sind Menschen, die Teil einer größeren Gruppe, einer größeren Aufgabe sind, voller Tatkraft und Hingabe.

Menschen werden dann destruktiv, wenn sie sich allein, außerhalb, gegenüber fühlen.

***

Gab es tatsächlich mal eine Einheitssprache? Gab es die Sprachverwirrung von Babel?

***

Vieles, was ich mir wünsche, wird in den Büchern "Anastasia" beschrieben. Und zum Teil in Russland umgesetzt. Ein Familienlandsitz, jede Familie darf ihren eigenen Hektar haben.

Anastasia beschreibt so eindrücklich das gesamte soziale Miteinander. Ob junge Menschen, Familien, der Umgang mit Kindern. Niemand sollte allein bleiben, auch nicht die Alten.

In ihren Beschreibungen gibt es keine Isolationsanstalten, wie Alters- und Pflegeheime. Die Ausgrenzung von verschiedenen sozialen Gruppen scheint nicht notwendig, wenn es wahrhafte Gemeinschaft gibt.

***

Gefallene Engel. Ist es das, was Böse böse macht? Dass sie nie wieder fliegen werden?

Wollen sie uns deshalb unsere Flügel stutzen? Uns nicht fliegen lassen? Uns von anderen abgrenzen? Weil fliegen gemeinsam einfach ist?

Wie heilt man gefallene Engel?

Evolutionäre Organisationen schaffen Praktiken, um einander in der inneren Arbeit zu unterstützen, während wir die äußere Arbeit der Organisation erledigen.

Frederic Laloux
Reinventing Organizations

15. Kapitel

Meine Geschichte ist an ihrem Ende angelangt. Was hat mich das Ganze gelehrt?

Dass im Alltag Wunder geschehn. Wenn wir bereit sind, uns darauf einzulassen.

Wie groß oder klein muss ein Wunder sein, um als Wunder zu bestehen?

Für ein Kind ist jeder Augenblick ein Wunder. Es ist nicht der Mangel an Wundern. Es ist unsere Bereitschaft, uns ihnen zu öffnen. Sie eintreten zu lassen.

***

Ich kann das Leben aus den Augen der Angst betrachten, oder aus den Augen der Liebe.

Angst wird immer Sicherheit suchen. Und egal wie viele Sicherheitsnetze ich aufspanne, die Angst wird stets ein weiteres "Aber" finden.

***

Aus den Augen der Liebe ist das Leben ein wunderschöner Ort. Liebe liebt die Menschen. Liebe liebt das Leben. Liebe ist auch traurig.

Aber was ist Trauer? Das Loslassen von Vergangenem. Nichts wehrt ewig. Wir können hegen, pflegen. Und irgendwann loslassen.

Den geliebten Menschen. Die geliebte Sache. Unser geliebtes Leben. Um uns aufzumachen zu neuen Welten, zu neuen Erfahrungen.

***

Als Corona begann und ich zum ersten Mal auf all das Böse stieß, fragte ich mein Kind: Möchtest du in einer Welt ohne Gott leben? Oder würdest du lieber gehn? Lieber gehn.

"Liebe ist nicht alles. Aber ohne Liebe ist alles nichts."

***

Wenn ich jetzt auf meinem Sterbebett läge, was würde ich bedauern?

Das Geld? Die Karriere? Das schnelle Auto?

Der Bruch mit dem Vater? Die zerrüttete Beziehung zu den Kindern? Jemanden schändlich behandelt zu haben?

Würde ich verpasste Chancen bedauern, weil ich sie aus Angst nicht probierte?

Oder würde ich bedauern, mich zum Clown gemacht zu haben, als ich es probierte?

Film, Wir kaufen einen Zoo:
"Manchmal muss man nur 20 Sekunden lang unglaublich mutig sein. Dann kommt etwas Großartiges dabei heraus."

"Mut bedeutet nicht, keine Angst zu haben. Mut bedeutet, trotz Angst es zu versuchen."

Wir haben mehrmals vorgeschlagen, die Probleme, die nach dem Staatsstreich 2014 in der Ukraine entstanden sind, friedlich zu lösen. Leider wurde unseren Vorschlägen keine Beachtung geschenkt.

Putin

Nachwort

Warum also dieses Buch? Und warum jetzt?

Vor wenigen Tagen wurde das Putin-Interview von Tucker Carlson veröffentlicht. Ein Aufschrei in den Medien. Warum? Weil sie nicht wolln, dass wir es uns anschaun.

Was kann in diesem Interview stecken, dass sie es unbedingt vor uns verbergen wolln? Die Wahrheit? Die Aufdeckung all ihrer Lügen?

Oder einfach nur ein allerletzter verzweifelter Todesschrei?

Was hat das mit diesem Buch zu tun?

***

Ich habe ihn kennengelernt, Putin. Nicht den Politiker. Ich begegnete dem Mensch.

Putin ist ein Mensch. Zumindest glaube ich das.

Auch ich habe Gerüchte gelesen, dass er nicht der echte sein soll. Vielleicht stimmt das.

Vielleicht ist er sogar ein Bio-Roboter.

Aber selbst wenn. Millionen Menschen haben sich gerade genverändern lassen. Sind vielleicht Bio-Roboter, verschmolzen mit Nano-Technologie. Gesetzesvorlagen für die Gleichstellung solcher Hybride mit Menschen existieren oder sind bereits geltendes Recht.

Was bedeutet es in so einer Zeit, wer oder was jemand ist? Ist die nicht viel wichtigere Frage: Was jemand tut?

Welche Handlungen, welche Ergebnisse jemand erbringt?

"An ihren Früchten sollt ihr sie erkennen."

***

Wir alle müssen erkennen: Wir sind verarscht worden. Und wir müssen fairerweise anerkennen: Es hat uns nicht wirklich interessiert.

Wir hatten gehofft, wir hatten gewünscht, dass Politiker gute Menschen seien. Sind sie nicht.

Würden Sie Politiker sein wollen? Nein? Warum nicht? Richtig Kohle. Bildungsabschluss nicht notwendig. Analphabeten im Bundestag willkommen.

Haben wir insgeheim schon lange geahnt, dass ein Mindestmaß an Böse als berufliche Eignung notwendig ist?

Vielleicht, ganz vielleicht ist Putin kein Politiker in diesem Sinne. Überprüfen Sie es selbst: Erkennen Sie ihn an seinen Früchten.

***

Sehr geehrter Wladimir Wladimirowitsch ich danke Ihnen. Und vielleicht erkennen Sie mich, wenn ich mal wieder die Grenze überschreite. Aufrichtig Anna K.

ANNA KARENINA

Aus den Augen der Liebe ist das Leben ein
wunderschöner Ort. Liebe liebt die Menschen.
Liebe liebt das Leben. Liebe ist auch traurig.

Aber was ist Trauer? Das Loslassen von
Vergangenem. Nichts wehrt ewig. Wir können
hegen, pflegen. Und irgendwann loslassen.

Den geliebten Menschen. Die geliebte Sache.
Unser geliebtes Leben. Um uns aufzumachen zu
neuen Welten, zu neuen Erfahrungen.

Hat dieses Buch berührt?
Verschenken Sie es weiter.

Berühren Sie.